Eine Auflistung aller Seiten befindet sich auf Seite 56.

Auf dem Fahrrad

- Wie ist die Stimmung der Kinder?
- Was muss Milo noch beachten?

Wo möchtest du mit dem Fahrrad überall hinfahren?

___

___

___

Das verkehrssichere Fahrrad

1 Ein Fahrrad muss sicher ausgestattet sein. Beschrifte das Fahrrad.

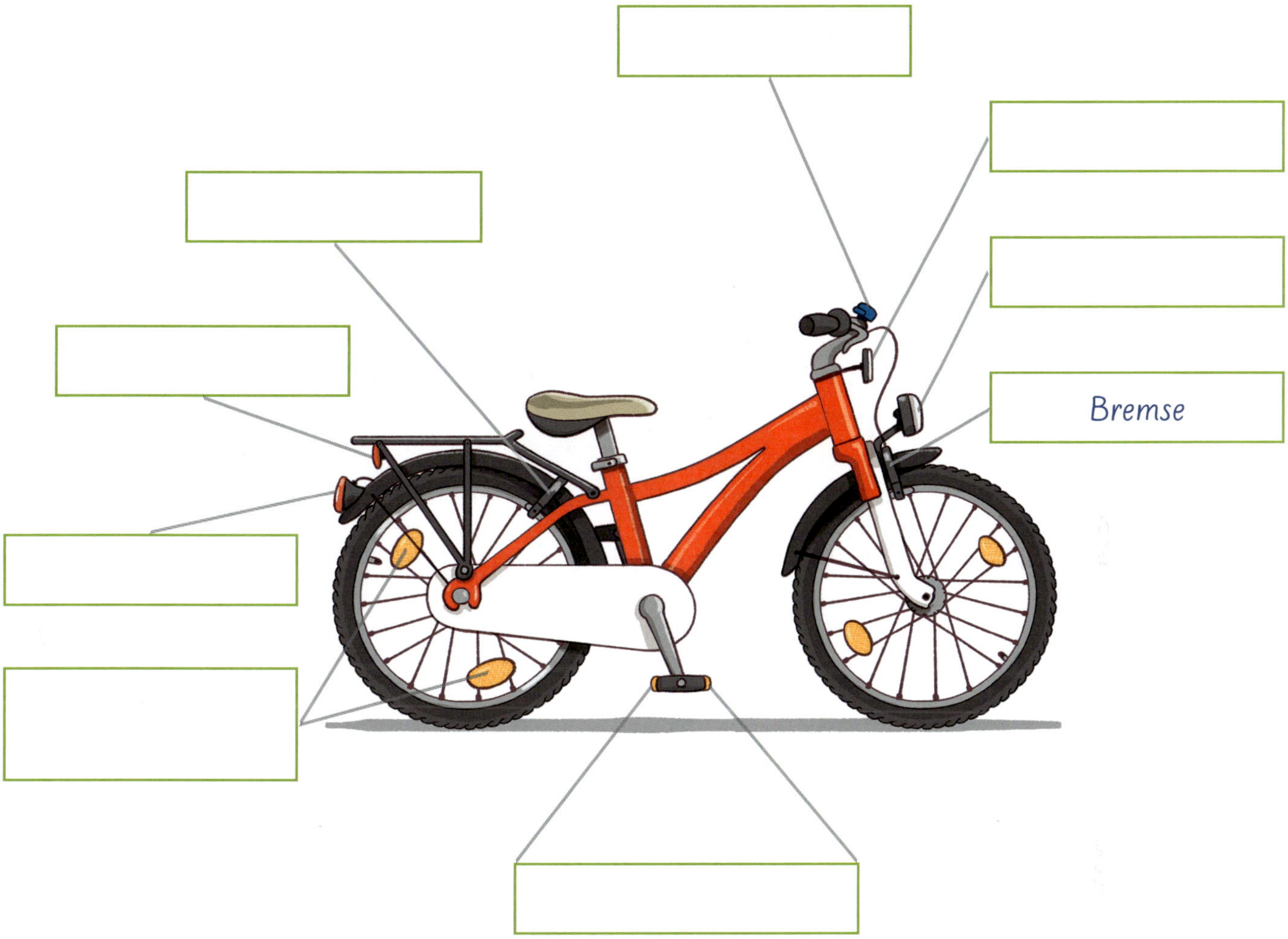

Vorderlicht   Rücklicht   Klingel   ~~Bremse~~   Bremse
Pedalreflektoren   Frontreflektor   Reflektor   Speichenreflektoren

2 Was ziehst du beim Fahrradfahren an?

- Die Begriffe zuordnen und begründen, inwiefern die einzelnen Teile zur Sicherheit beitragen. Das eigene Fahrrad auf Verkehrssicherheit hin überprüfen. In manchen Rädern ist der vordere bzw. hintere Reflektor im Vorder- bzw. Rücklicht mit eingebaut.
- Helm, helle Kleidung und Reflektoren tragen zur Sicherheit bei. Hosenbänder verhindern, dass sich die Kleidung in den Speichen verfängt.

Gesprächsimpulse: Welche Sicherheitsvorkehrungen gibt es in anderen Fahrzeugen (Autos, Straßenbahnen, Schiffe ...)?

Verkehrszeichen

1 Betrachte die Verkehrszeichen an den Seiten der Doppelseite. Kennzeichne die Zeichen, die auch in den Verkehrsszenen vorkommen.

Hier darf kein Fahrzeug fahren.

Zusatzschild: Es gibt eine Ausnahme für Radfahrer; sie dürfen hier fahren.

Den Weg dürfen sowohl Fußgänger als auch Fahrradfahrer nutzen.

Verkehrsberuhigter Bereich: Fußgänger dürfen sich auf der Straße aufhalten. Autofahrer und Radfahrer müssen langsam fahren.

Naomi verhält sich __________.

Das Schild zeigt an, dass sich ____________________

und ____________________ den Weg teilen.

Emil verhält sich __________. Dies ist ein

__________________________ Bereich. Autofahrer

und ______________ müssen langsam ____________

und Rücksicht auf ________________ nehmen.

- Verkehrszeichen betrachten und voneinander unterscheiden lernen. Ihre jeweilige Bedeutung im Kontext einer Verkehrssituation erfassen.
- Manchmal ist es gut, sich in andere Verkehrsteilnehmer hineinzuversetzen. Zum Beispiel können wir uns fragen: In welchen Situationen werde ich als Radfahrer vom Autofahrer oder Fußgänger schlecht gesehen?

Gesprächsimpulse: Welche Funktionen haben Verkehrszeichen (Gefahrzeichen, Vorschriftzeichen, Richtzeichen)?

Verkehrszeichen

2 Verhalten sich die Kinder auf dem Fahrrad richtig oder falsch?
Ergänze die Texte auf der Doppelseite.

Ela verhält sich __________. Das Schild weist darauf hin, dass hier kein __________________ fahren darf.

Sami verhält sich __________. Das obere Schild sagt aus, dass hier keine ________________ erlaubt sind. Das untere Schild zeigt aber, dass _______________ von der Regel ausgenommen sind.

Getrennter Rad- und Fußweg: Der Weg hat eine Spur für Radfahrer und eine Spur für Fußgänger.

In dieser Straße dürfen Fahrzeuge nur in eine Richtung fahren.

Hier darf kein Fahrrad fahren.

Hier ist ein Radweg. Nur Fahrradfahrer dürfen und müssen diesen Weg nutzen.

- Auf Verkehrszeichen in der Umgebung achten (z.B. auf dem Schulweg): Welche kenne ich schon? Warum stehen sie an dieser Stelle?
- Kinder unter zehn Jahren dürfen noch auf dem Gehweg Rad fahren. Beim Üben für die Fahrradprüfung werden sie immer sicherer und fühlen sich bald fit für die Straße.

Gesprächsimpulse: Wer stellt die Verkehrsschilder auf? Wer wartet sie? Kann es auch zu viele Schilder geben (Schilderwald)?

Vorfahrtszeichen

1 Mithilfe von Ampeln und Verkehrsschildern wird geregelt, wer zuerst fahren darf. Lies, was die Verkehrszeichen bedeuten. Male dann das passende Verkehrszeichen über die Kurzbeschreibungen.

	Ich habe auf dieser Straße Vorfahrt. Das gilt so lange, bis ein Ende der Vorfahrtstraße angezeigt wird.	Ich muss anhalten und darf erst weiterfahren, wenn die Straße frei ist.	
	Ich habe Vorfahrt an der nächsten Kreuzung oder Einmündung.	An der nächsten Kreuzung oder Einmündung muss ich Vorfahrt gewähren.	

Anhalten! Vorfahrt gewähren	Vorfahrt an der nächster Kreuzung oder Einmündung	Vorfahrtstraße	Vorfahrt gewähren an der nächsten Kreuzung oder Einmündung

Wenn es keine Ampeln oder Vorfahrtszeichen gibt, gilt **rechts vor links**.

Es gibt Ausnahmen von der Regel, zum Beispiel: Wer von einem Wald- oder Feldweg auf eine Verkehrsstraße fährt, hat keine Vorfahrt.

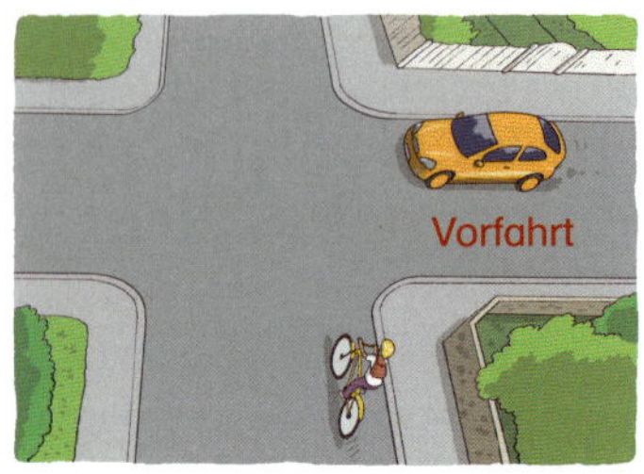

- Verstehen, in welchen Situationen Vorfahrtsregeln nötig sind. Vorfahrtsregeln richtig anwenden.
- Wenn sich die Wege verschiedener Verkehrsteilnehmer kreuzen, stellt sich die Frage, wer zuerst fahren darf. Damit die Fahrzeuge nicht zusammenstoßen, gibt es Regeln für diese Situation. Wichtig ist, dass wir aufmerksam sind und auf die anderen Fahrzeuge achten.

Gesprächsimpulse: Was ist eine Fahrradstraße und was hältst du davon? Wer hat Vorfahrt im Kreisverkehr?

Vorfahrt

1 Wer darf zuerst fahren? Wer danach? Nummeriere in der richtigen Reihenfolge.

- Die jeweilige Verkehrssituation auf den Bildern erfassen: Art der Straße, Position der Verkehrsteilnehmer, Verkehrsschilder.
- Bild 1 zeigt eine Einmündung: Eine Straße trifft auf eine andere Straße und endet am Schnittpunkt. Die Bilder 2 und 3 zeigen eine Kreuzung: Zwei oder mehrere Straßen treffen aufeinander. Keine der Straßen endet am Schnittpunkt, die Straßen setzen sich fort.

Gesprächsimpulse: Wie kann es zu Verkehrsunfällen kommen? Wie verhält man sich bei Verkehrsunfällen?

Mobilität

1 Notiere eine Woche lang, wie du von einem Ort zum anderen gelangst. Trage jeden Abend ein, wie oft du zu Fuß, mit dem Rad, mit dem Auto oder mit Bus oder Bahn unterwegs warst.

Montag

Dienstag

Mittwoch

Donnerstag

Freitag

Samstag

Sonntag

Fahrräder

Ordne jeder Beschreibung das richtige Bild zu.

① BMX-Rad

② E-Bike

③ Rennrad

④ Tandem

○ Dieses leichte Fahrrad kommt bei der Tour de France zum Einsatz.

○ Dieses Rad hat einen Elektromotor.

○ Mit diesem Rad kann man Stunts und Tricks ausführen.

○ Dieses Rad wird von zwei Leuten gefahren.

- Das eigene Mobilitätsverhalten reflektieren. Vor- und Nachteile des jeweiligen Fortbewegungsmittels herausstellen.
- Es hängt von verschiedenen Aspekten ab, wie wir uns fortbewegen, z. B.: Umwelt, Kosten, Gesundheit, Entfernung. Wir können überlegen und diskutieren, was möglich ist und was uns wichtig ist.

Gesprächsimpulse: Welche Radsportarten gibt es (Etappenrennen, Paracycling …)? Wie stellst du dir den perfekten Fahrradausflug vor?

Fahrradfreundlich?

Schaut euch um, ob man in eurem Wohnort gut und sicher mit dem Fahrrad unterwegs sein kann. Untersucht zum Beispiel den Schulweg oder den Weg zum Sportplatz. Was hat die Stadtplanung gut gemacht? Was ließe sich verbessern? Macht Fotos und schreibt Kommentare dazu auf. Besprecht mit euren Eltern oder in der Klasse, ob eventuelle Wünsche oder Verbesserungsvorschläge weitergeleitet werden können.

Die Verkehrspolizei

Was macht eigentlich die Verkehrspolizei? Vielleicht unterstützt sie euch bei der Vorbereitung auf die Fahrradprüfung? Überlegt, welche Aufgaben die Polizei im Straßenverkehr außerdem übernimmt. Schreibt eure Vermutungen auf. Gebt anschließend den Begriff „Verkehrspolizei“ in eine Kindersuchmaschine im Internet ein. Womit lagt ihr richtig? Mit welchen Aufgaben hättet ihr nicht gerechnet?

Die Draisine

1817 baute Karl von Drais das erste Fahrrad. Genau genommen war es ein Laufrad. Das Modell wurde nach ihm benannt: Draisine. Bis zum Fahrrad, wie wir es heute kennen, gab es noch andere Modelle: das Schubstockrad, das Tretkurbelrad, das Hochrad, das Sicherheitsniederrad. Wie haben diese Modelle wohl ausgesehen? Erforscht mithilfe des Internets oder eines Lexikons die Geschichte des Fahrrads. Welche Veränderungen fallen euch zwischen den Modellen auf?

Wetter und Klima

- Was für einen Drachen würdest du entwerfen?
- Können Vögel ohne Flügelschlag fliegen?

Für welche Sportarten ist Wind nötig?

____

____

____

Die Kraft des Windes

1 Wind kann vielerlei bewirken. Wann nützt er uns? Wann schadet er uns?
Zeichne ☺ oder ☹ in die Kreise ein.

2 Suche dir ein Motiv aus und überlege, was der Wind damit zu tun hat. Schreibe.
Die Wörter im Wortspeicher können helfen.

Wind ...	treibt an	facht an	verbreitet	bläht auf
bläst um	verursacht	erzeugt	entwurzelt	trägt ab

- Die Auswirkungen des Windes auf dem jeweiligen Bild nachvollziehen. Über Ursachen und Folgen nachdenken.
- Die Auswirkungen des Windes sind auf den Bildmotiven unterschiedlich schnell zu erfassen. Das Küstenmotiv veranschaulicht Erosion: Wind lässt das Wasser vor der Küste ansteigen. Die durch den Wind erzeugte Sturmflut trägt Sand und Gestein an der Küste ab.

Gesprächsimpulse: Was ist ein Orkan (Tornado, Hurrikan ...)? Wie wurde Wind früher genutzt (Segelflug, Großsegler, Windmühlen ...)?

Warme Luft

Fünf Fakten über Luft

- ★ Luft ist unsichtbar. Wir können sie aber wahrnehmen, wenn Wind weht. Wind ist bewegte Luft.
- ★ Luft ist ein Gemisch aus Gasen. Sauerstoff zum Beispiel ist ein Teil der Luft.
- ★ Luft kann warm oder kalt sein.
- ★ Warme Luft dehnt sich aus. Sie wird dünner und leichter und steigt nach oben.
- ★ Es gibt keinen leeren Raum in der Luft. Wenn Luft wegströmt, strömt von woandersher Luft nach.

Die Luft im Inneren des Ballons wird erhitzt. Der Ballon wird leichter als die umgebende Luft und steigt auf.

1 Erfahre, was warme Luft bewirken kann. Führe das Experiment durch.

(1) Zeichne eine Spirale auf dünne Pappe.

(2) Stich ein Loch in die Mitte.

(3) Schneide die Spirale aus.

(4) Führe einen Faden durch das Loch und verknote das untere Ende.

(5) Hänge die Spirale zunächst über einen Tisch.

(6) Hänge die Spirale dann über eine warme Heizung.

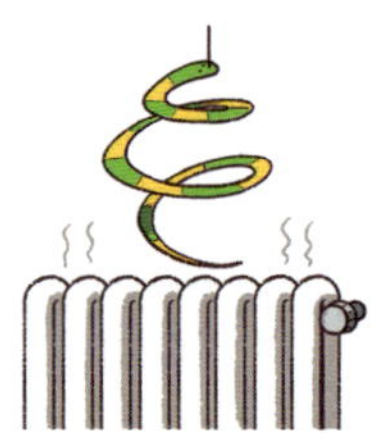

Wo dreht sich die Spirale? ☐ Über dem Tisch. ☐ Über der Heizung.

- Aufgabe 1: Die angestellte Heizung erhitzt die Luft über der Heizung. Die warme Luft steigt nach oben. Der aufsteigende Luftstrom setzt die Spirale in Bewegung. Dass erhitzte Luft aufsteigt und etwas in Bewegung setzen kann, lässt sich auch sehr gut anhand einer Weihnachtspyramide demonstrieren: Die von Kerzen erhitzte Luft steigt auf und bewirkt die Drehung der Pyramidenflügel.

Gesprächsimpulse: Was passiert, wenn wir ein Zimmer lüften (Luftaustausch)? Wie wurde der Heißluftballon erfunden?

So entsteht Wind

1 Ein sonniger Vormittag an der Küste. Lies die Texte über den Wind und beantworte die Fragen unter dem Schaubild.

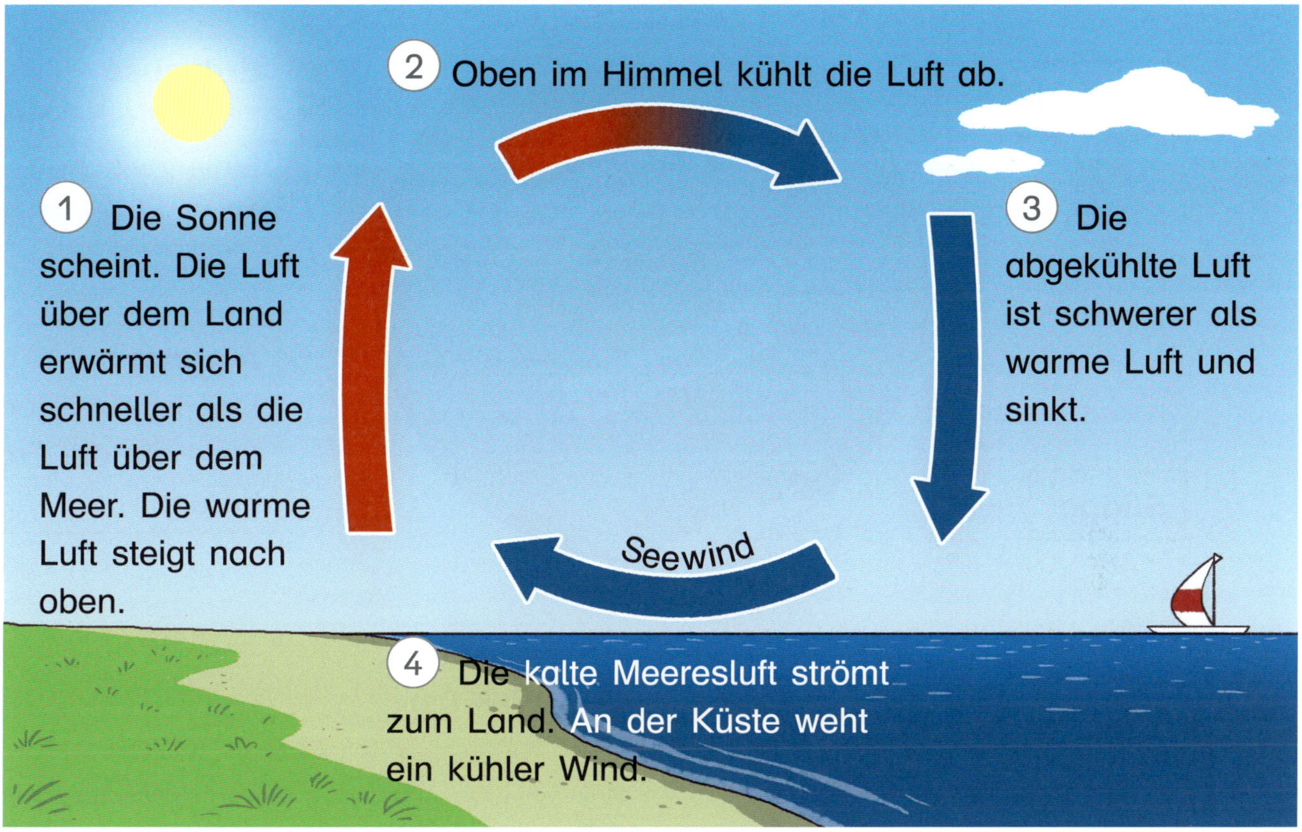

		richtig	falsch
1	Die Luft über dem Land erwärmt sich tagsüber schneller als die über dem Meer.	B	Q
2	Die Temperatur von Luft ist in allen Höhen gleich.	U	R
3	Warme Luft sinkt nach unten.	A	I
4	Die warme Luft kühlt sich im Himmel wieder ab.	S	R
5	Tagsüber weht der Wind vom Land in Richtung Meer.	K	E

Lösungswort:

1	2	3	4	5

- Den Austausch von Luftmassen unterschiedlicher Temperatur nachvollziehen. Ggf. einen weiteren Kreislauf anfertigen: „Nachts an der Küste".
- Das Meerwasser braucht länger, bis es erwärmt ist, aber auch länger, bis es wieder abgekühlt ist. Nachts kühlt das Land ab. Die Luft über dem Boden sinkt und fließt zum Meer hin. Über dem wärmeren Meer steigt sie wieder auf. Die Windrichtung ist eine andere als am Tag.

Gesprächsimpulse: Warum ist Wind unterschiedlich stark (Stichwort: Temperaturunterschied)? Wie lässt sich künstlich Wind erzeugen?

Erdachse und Äquator

1 Wir unterteilen die Erde in eine Nordhalbkugel und eine Südhalbkugel.
Schau dir einen Globus an.

Nordpol

Südpol

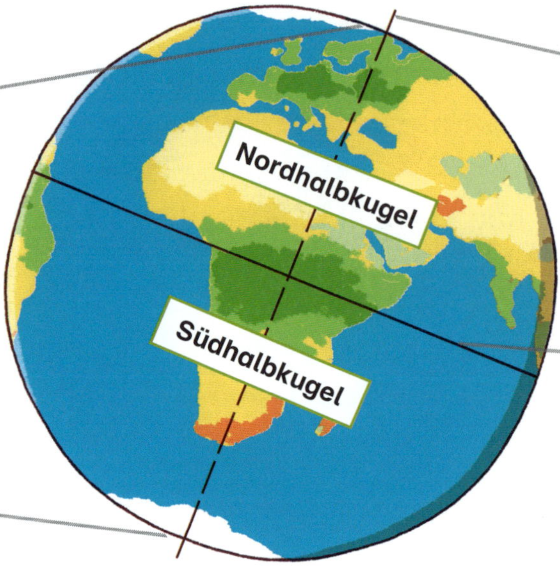

Erdachse
Das ist eine gedachte Linie zwischen Nordpol und Südpol.

Äquator
Das ist eine gedachte Linie um die Erde herum.

---

2 In welcher Erdhälfte leben die Kinder? Trage ein.

Die Erde in Bewegung

Die Erde dreht sich in 24 Stunden um ihre Achse. Sie dreht sich also um sich selbst. So entstehen Tag und Nacht: Je nachdem, welche Erdseite der Sonne zugewandt ist, ist es hell oder dunkel.
Die Erde wandert zudem um die Sonne. Dafür benötigt sie ein Jahr.

- Einen Globus einsetzen und die in Aufgabe 1 fett hervorgehobenen Begriffe veranschaulichen. Als Ergänzung ein Bild von unserem Sonnensystem betrachten. Erkennen, dass die Erde und andere Planeten um die Sonne kreisen.
- Der Äquator durchquert drei Kontinente: Afrika, Asien und Amerika liegen teilweise auf der Nord- und teilweise auf der Südhalbkugel.

Gesprächsimpulse: Was findest du an der Erde schön? Könnten wir auf einem anderen Planeten leben?

Die Entstehung der Jahreszeiten

1 Lies den Text. Ergänze die Jahreszeiten in den Bildbeschriftungen.

Im **Juni** ist die Nordhalbkugel der Sonne zugewandt. Sie bekommt mehr Sonnenstrahlen ab als die Südhalbkugel. Bei uns ist Sommer. Im **Dezember** ist die Erde schon ein weites Stück um die Sonne gewandert. Jetzt ist die Südhalbkugel der Sonne zugewandt. In Australien ist Sommer. Weil die Erde geneigt ist, wird nicht jedes Gebiet gleichmäßig von der Sonne bestrahlt. Nur am Äquator treffen die Sonnenstrahlen immerzu steil auf die Erde.

Juni	*Dezember*
Sommer auf der Nordhalbkugel	______ auf der Nordhalbkugel

______ auf der Südhalbkugel	______ auf der Südhalbkugel

2 Welche Aussagen stimmen? Kreuze an.

Die Erde …	bewegt sich nicht vom Fleck. ◯	wandert um die Sonne. ◯
In der Erdhälfte, die der Sonne zugewandt ist, …	ist Winter. ◯	ist Sommer. ◯
Am Äquator …	treffen die Sonnenstrahlen steil auf die Erde. ◯	ist die Sonnenstrahlung nur schwach. ◯

- Im Anschluss ggf. ein erweitertes Schaubild mit Standpunkt der Erde im Frühling und Herbst betrachten.
- Da die Erde geneigt ist, treffen die Sonnenstrahlen in manchen Regionen schräg auf die Erde auf und sind somit weniger intensiv. Durch den Umlauf der Erde um die Sonne ist zudem mal die eine, mal die andere Erdhälfte der Sonne zugewandt.

Gesprächsimpulse: Wie stellst du dir das Leben am Äquator vor? Wo ist der kälteste Ort der Welt?

Klimazonen

Über Jahrzehnte haben Klimaforscher an allen Orten der Welt das Wetter über einen längeren Zeitraum aufgezeichnet. So konnten sie das dort herrschende Klima ermitteln. Klimazonen sind Gebiete mit ähnlichem Klima.

Polare Zone
- ganzjährig extrem kalt
- typisch: Eis und Schnee, fast keine Pflanzen

Subpolare Zone
- trockene, lange Winter und kurze Sommer
- typisch: Gräser, Moose und Flechten im Sommer

Kaltgemäßigte Zone
- mäßig warme Sommer, lange, sehr kalte Winter
- typisch: Nadelwald

- Man kann sich das Wetter als Momentaufnahme vorstellen und das Klima als Langzeitbetrachtung.
- Wenn man das Wetter in einem bestimmten Gebiet über einen langen Zeitraum über beobachtet und auswertet, lässt sich Typisches feststellen, zum Beispiel, dass es dort oft regnet oder extrem kalt ist. Auf diese Weise wird das Klima des Gebietes ermittelt.

Gesprächsimpulse: Welche Klimazone interessiert dich besonders? Können Menschen in allen Klimazonen leben?

Klimazonen

1 Welches Tier fühlt sich in welchem Klima zu Hause? Male die Kreise an den Tieren in der jeweils passenden Farbe aus.

Orang-Utan

Moschusochse

Löwe

Gemäßigte Zone
- ★ warme Sommer, kühle Winter, mal feucht, mal trocken
- ★ typisch: Laub- und Nadelwälder

Subtropische Zone
- ★ heiße Sommer, warme Winter, eher trocken
- ★ typisch: Mischwald, aber auch Wüste und Grasland

Tropische Zone
- ★ ganzjährig warm und feucht
- ★ typisch: Regenwald

- Erkennen, dass nicht in allen Klimazonen dieselben Tierarten vorkommen. Dabei aber auch beachten, dass diverse Tierarten je nach Jahreszeit zwischen den Klimazonen wechseln. So bewohnen Rentiere die subpolare Zone als auch die kaltgemäßigte Zone. Bei uns heimische Vogelarten ziehen im Winter in südlichere Länder.

Gesprächsimpulse: Waren die Klimazonen auf der Erde immer gleich? Wie ändert sich das Klima zurzeit?

Anpassung

1 Oft gibt der Körper eines Säugetieres Hinweise darauf, in welchem Klima es lebt. Verbinde jedes Tier mit der passenden Beschreibung und Klimazone.

Polare Zone	 Fennek oder Wüstenfuchs	Er wechselt mit den Jahreszeiten die Fellfarbe.
Gemäßigte Zone	 Polarfuchs	Über seine großen Ohren gibt er überschüssige Körperwärme an die Luft ab.
Subtropische Zone	 Rotfuchs	Er hat sich dem Lebensraum des Menschen angepasst.

Polargebiete

Wörterkasten

Ordne jeder Beschreibung das richtige Bild zu.

1 Packeis

2 Arktis

◯ die Region rund um den Nordpol

◯ dicht aneinanderliegende Eisschollen

◯ die Region rund um den Südpol

◯ losgelöstes Eis, das auf Gewässern treibt

3 Antarktis

4 Treibeis

- Erfahren, dass sich Arten im Laufe einer langen Zeit körperlich verändern, um sich veränderten Lebensräumen anzupassen.
- Manche Tierarten können sich an veränderte Lebensräume anpassen. Es gibt aber Grenzen der Anpassungsfähigkeit: Wenn sich Lebensräume zu schnell verändern oder verschwinden, sterben manche Tierarten aus. Siehe auch S. 25 (Klimawandel).

Gesprächsimpulse: Welche Tierarten gibt es in mehreren Klimazonen (z. B. Frösche)? Unterscheiden sie sich äußerlich?

Windspiel

Ihr braucht einen Tontopf, stabile Fäden und ein Stück Holz, das in den Topf hineinpasst. Außerdem Dinge, die klimpern oder flöten. Am praktischsten sind Dinge, die bereits ein Loch haben (z. B. Perlen zum Auffädeln). Bittet ansonsten einen Erwachsenen, mit einem Handbohrer nachzuhelfen. Fädelt die Gegenstände auf und verknotet die unteren Enden der Fäden. Befestigt die oberen Enden am Holz. Um das Holz wiederum schlingt ihr ein etwas dickeres Band, das ihr durch das Loch des Tontopfes führt. Das ist der Aufhänger.

Taschenlampen-Sonne

Experimentiert mit einem Globus und einer Taschenlampe. Das geht am besten in einem dunklen Raum. Leuchtglobusse sollten nicht angeschaltet sein. Richtet die Taschenlampe so auf den Globus, als sei sie die Sonne, die auf die Erde scheint. Dreht den Globus um seine Achse. Bescheint ihn auch von der gegenüberliegenden Seite. Beobachtet, was an unterschiedlichen Orten auf der Erdkugel passiert. Ist es Tag oder Nacht? Sommer oder Winter?

Klimaforscher

Breitet eine Weltkarte vor euch aus oder benutzt einen Globus. Schließt die Augen und tippt mit einem Finger auf eine Stelle. Erforscht mithilfe von Büchern oder dem Internet, wie das Klima dort ist. Ist es bitterkalt oder angenehm warm? Könntet ihr dort den Dschungel erforschen oder Berge erklimmen? Würdet ihr Kängurus antreffen oder Walrosse? Welche Pflanzen wachsen in der Region? Malt ein Bild dazu: Bildet interessante Dinge ab, die ihr herausgefunden habt.

Strom und Energie

- Welches Experiment soll in der Klasse durchgeführt werden?
- Welche Dinge benötigen die Kinder für ihren Versuch?

Welche Elektrogeräte gibt es bei dir zu Hause?

Der Stromkreislauf

Elektrische Geräte funktionieren mit Strom. Der Strom muss von einer Stromquelle (Steckdose oder Batterie) zu dem Gerät fließen. Das allein reicht aber nicht, um beispielsweise eine Lampe zum Leuchten zu bringen. Der Strom muss von der Lampe auch wieder zurück zur Stromquelle fließen. Nur in einem geschlossenen Stromkreis leuchtet die Lampe.

Achtung: Bei Versuchen nie Strom aus der Steckdose verwenden!

1 Beschrifte die Gegenstände mit den hervorgehobenen Wörtern im Text.

Im Versuch auf Seite 20 dient eine Flachbatterie als **Stromquelle**. Die an der Batterie befestigten Kabel sind **Leiter**. Sie leiten den Strom. Wenn die Drähte in den Kabeln den Fußkontakt und den Sockel der **Glühlampe** berühren, fließt der Strom durch die Glühlampe.

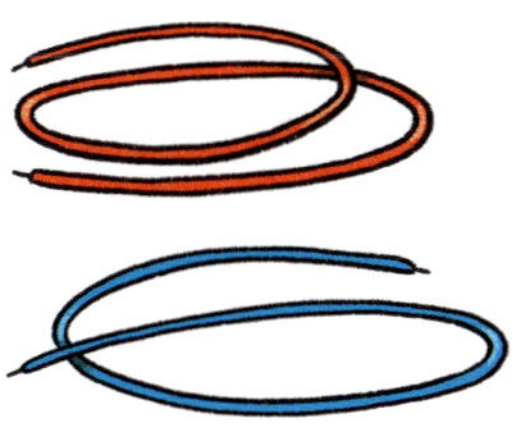

______________ ______________ ______________

2 In welchem Versuch leuchtet die Glühlampe? Male sie gelb aus.

- Anhand eines im Klassenraum durchgeführten Versuches vermitteln, dass Strom in einem geschlossenen Kreislauf fließt.
- Der Teil im Stromkreis, dem über Leiter elektrische Energie zugeführt wird, wird fachsprachlich als „Verbraucher" bezeichnet. Im Versuch auf dieser Doppelseite ist die Glühlampe der Verbraucher.

Gesprächsimpulse: Wird die Glühlampe heute noch im Haushalt benutzt? Gibt es Strom in der Natur?

Gefahren durch Strom

Wir sind es gewohnt, Strom zu benutzen.
Strom kann aber auch lebensgefährlich sein.
Um einen Stromschlag zu vermeiden, sind einige Regeln zu beachten.

1 Setze die Wörter aus dem Wortspeicher in die Lückentexte ein.

Wasser leitet Strom. Deshalb dürfen elektrische Geräte, die mit dem Stromnetz verbunden sind, niemals in der Nähe von ____________________ oder ____________________ sein.

Benutze kein elektrisches Gerät, wenn es ein kaputtes ____________________ hat.

Klettere nie auf einen abgestellten ______________________________.
Auch wenn die Oberleitungen weit weg scheinen und man sie nicht berührt, bekommt man einen tödlichen Stromschlag.

Beim Drachensteigen muss man sich von ______________________________ fernhalten, damit der Drachen nicht mit ihnen in Berührung kommt.

Wer unterwegs von einem ____________________ überrascht wird, sollte sich auf keinen Fall unter einen ____________________ stellen. Wer gerade im See oder Freibad badet, muss das Wasser verlassen.

Stromkabel	Badewanne	Eisenbahnwaggon	Dusche
Baum	Gewitter	Hochspannungsleitungen	

- Beispiele sammeln: In welchen Situationen oder bei welchen Tätigkeiten hat man bewusst oder unbewusst mit Strom zu tun?
- Strom kann uns gefährlich werden, weil wir ihn nicht sehen. Wir sind uns der Gefahr also womöglich nicht bewusst. Wenn wir viel über Strom wissen, können wir sicher mit ihm umgehen.

Gesprächsimpulse: Hast du schon einmal von einem Unfall durch Strom gehört? Welche Materialien leiten Strom?

Endliche und erneuerbare Energien

1 Lies die Texte. Unterstreiche alle genannten Energiequellen.

Endliche Energien (auch fossile Energien genannt)
Aus der Natur werden Kohle, Erdgas und Erdöl gefördert. Aus diesen Rohstoffen wird Energie gewonnen, die wir zum Beleuchten, zum Heizen oder für die Fortbewegung nutzen. Diese Energiequellen werden allerdings eines Tages aufgebraucht sein. Ein weiterer Nachteil: Vor allem bei der Verarbeitung von Kohle und Erdöl wird viel CO_2 (Kohlenstoffdioxid) freigesetzt. Das ist ein Gas, das die Erwärmung des Klimas beschleunigt.

Erneuerbare Energien
Strom und Wärme lassen sich auch mithilfe von Sonne, Wasser oder Wind erzeugen. Bei der Energieerzeugung wird weniger CO_2 freigesetzt als bei den endlichen Energien. Aber auch erneuerbare Energien haben Auswirkungen auf die Umwelt. Die Menschen müssen abwägen, welche Energieversorgung der Erde am wenigsten schadet.

2 Welche Bilder zeigen erneuerbare Energien? Male deren Kreise grün aus.

Im Kohlekraftwerk wird **Kohle** verbrannt, um Strom zu erzeugen.

In solchen Pipelines (sprich: *peipleins*) wird **Erdgas** transportiert.

In einem Wasserkraftwerk wird aus **Wasser** Strom gewonnen.

Sonnenkollektoren wandeln die Strahlung der **Sonne** in Wärme um.

In einer Erdölraffinerie wird aus **Erdöl** Kraftstoff oder Heizöl gewonnen.

In einer Windkraftanlage wird aus **Wind** Strom gewonnen.

- Konkrete Beispiele für die Verwendung von Kohle, Erdgas und Erdöl sammeln (z.B. Erdöl → Benzin).
- Wenn wir allgemein von Energie sprechen, dann meinen wir eine Kraft, die etwas antreibt oder in Bewegung setzt. Energie ist unsichtbar, wir nehmen sie anhand ihrer Wirkung wahr.

Gesprächsimpulse: Gibt es in Ortsnähe Windräder (ein Kohlekraftwerk, ...)? Was ist ein Atomkraftwerk?

Der Treibhauseffekt

1 Lies den Text. Schreibe die darunterstehenden Sätze über den jeweils passenden Abschnitt.

Die Erde ist von einer Lufthülle umgeben, die Atmosphäre genannt wird. Sie setzt sich aus verschiedenen Gasen zusammen. Sauerstoff ist eines davon. Dazu gehören aber auch sogenannte Treibhausgase, wie Kohlenstoffdioxid (CO_2).

Die Atmosphäre lässt die Sonnenstrahlen durch, sodass sie die Erde erwärmen können. Die Erde gibt zwar wieder Wärme an das Weltall ab. Die Treibhausgase halten aber einen Teil der Wärme in der Atmosphäre zurück. Sonst wäre es auf der Erde so kalt, dass keiner auf ihr leben könnte.

Treibhausgase in der Atmosphäre sind also nötig. Durch die Energieerzeugung des Menschen enstehen jedoch hohe Mengen davon. Sie halten mehr Wärme zurück, als für die Erde gut ist. Das Klima wird wärmer.

Der Mensch verstärkt den Treibhauseffekt.

Die Erde braucht Sonnenwärme.

Die Erde ist von einer Lufthülle umgeben.

- Den Zusammenhang zwischen dem hohen Ausstoß von Treibhausgasen und dem Klimawandel erkennen.
- Auch in früheren Zeiten hat es Veränderungen des Erdklimas gegeben, zum Beispiel infolge von Vulkanausbrüchen. Durch den vom Menschen verursachten Ausstoß von Treibhausgasen kam es in den letzten 150 Jahren zu einer schnellen Erderwärmung.

Gesprächsimpulse: Wozu werden in Gärten Treibhäuser benutzt? Wie war das Klima in der Eiszeit?

Die Erderwärmung

1 Das Bild veranschaulicht den Treibhauseffekt. Ordne die Pfeile zu.

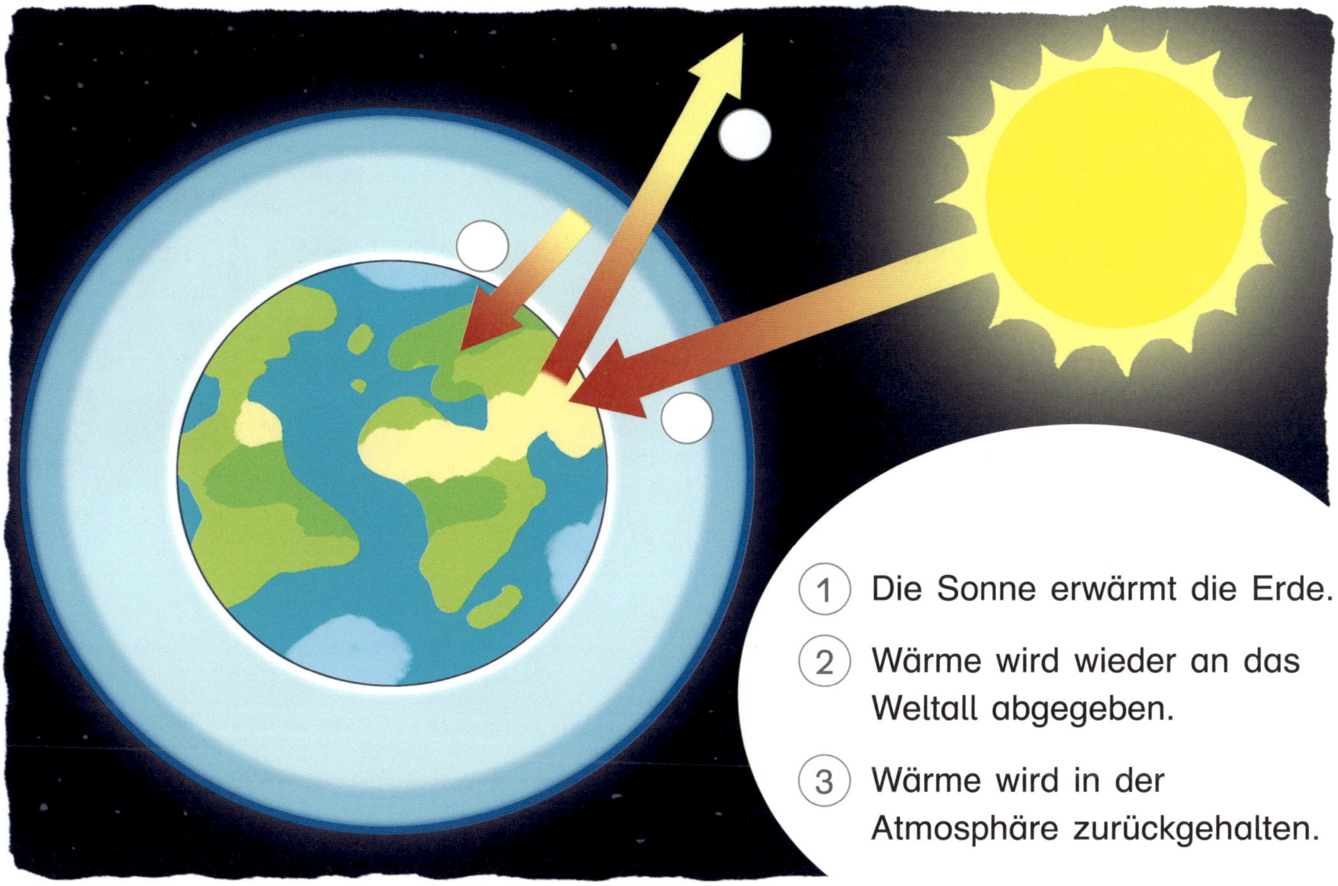

---

2 Die Erwärmung der Erde verändert das Leben von Mensch und Tier. Sprecht über die Beispiele: Welche Auswirkungen des Klimawandels werden dargestellt?

- Anhand konkreter Beispiele den Klimawandel greifbar machen (Aufheizung der Städte, Trockenheit in der Natur ...). Ggf. die Klimazonen auf den Seiten 16–17 miteinbeziehen und unter dem Aspekt „Klimawandel" betrachten.
- Wie kann der Mensch den Herausforderungen des Klimawandels begegnen? Darüber können wir sprechen und diskutieren.

Gesprächsimpulse: Was hast du schon über den Klimawandel gehört? Was macht dir Sorgen, was gibt dir Mut?

Gut für das Klima

1 Ein geringerer Energieverbrauch ist gut für das Klima. Wie lässt sich Strom einsparen? Schreibe Beispiele auf.

Lichtquellen

Wörterkasten

Ordne jeder Beschreibung das passende Bild zu.

(1) Glühlampe

(2) Gaslaterne

(3) Öllampe

(4) LED-Lampe

○ Sie wurde erstmals im 19. Jahrhundert als Straßenbeleuchtung eingesetzt.

○ Sie wurde lange für die Beleuchtung von Wohnungen verwendet. Sie verbraucht viel Energie.

○ Diese Energiesparlampe wird heute für die Beleuchtung von Wohnungen verwendet.

○ Als es noch keinen Strom gab, war sie neben der Kerze eine wichtige Lichtquelle.

- „Stromfresser“ aufspüren und Beispiele für klimafreundliches Verhalten sammeln (ggf. über das Thema „Energieversorgung“ hinausgehend).
- Beim Thema „Klimaschutz“ können die unterschiedlichen Lebenssituationen von Menschen zur Sprache kommen, z. B.: In der Großstadt lässt sich leichter auf das Auto verzichten als auf dem Land.

Gesprächsimpulse: Welche Klimaschutzmaßnahmen werden in der Politik diskutiert (z.B. Stärkung des öffentlichen Nahverkehrs)?

Den Stecker ziehen

Wie war es wohl zu der Zeit, als es noch keinen Strom gab? Ihr könnt zumindest eine Ahnung davon erhalten. Fragt eure Eltern, ob sie gemeinsam mit euch einen Tag ohne Strom verbringen: kein Handy, kein Fernseher, kein Wasserkocher und so weiter. Schreibt eure Erfahrung auf. Was habt ihr in der Zeit gemacht? Was habt ihr vermisst? Fandet ihr etwas gut? Wie habt ihr euch zu helfen gewusst?

Bergbau

Bevor Braunkohle oder Steinkohle in einem Kohlekraftwerk verbrannt wird, muss sie abgebaut werden. Das passiert im Tagebau (über der Erde) oder unter Tage (in Stollen unter der Erde). Ein Ausflug in ein Besucherbergwerk oder Bergbaumuseum ist eine spannende Sache! Doch auch ein an Kinder gerichteter Film kann euch einen Eindruck von der Arbeit im Bergbau vermitteln. Sucht ihn mithilfe eines Erwachsenen heraus.

CO_2-Speicher

Alte Laubwälder und Moore speichern viel CO_2 (Kohlenstoffdioxid). So gelangen weniger Treibhausgase in die Atmosphäre. Bäume spenden zudem Kühle. Hinzu kommt, dass Laubwälder und Moore Lebensraum für viele Tiere sind, also wichtig für die Artenvielfalt. Wie würdet ihr für den Erhalt dieser beiden Naturräume Werbung machen? Überlegt euch Slogans (einprägsame Sprüche) und ergänzt sie durch Zeichnungen oder aufgeklebte Bilder.

Miteinander

- Welchen Kontinent puzzeln die Kinder?
- Welche Kontinente möchte Mila bereisen?

Welche Länder möchtest du näher kennenlernen?

____

____

____

Deutschlands Nachbarländer

1 Male die Länder, die an Deutschland angrenzen, in unterschiedlichen Farben aus.

- Die Nachbarländer in Bezug zu Deutschland setzen, z. B.: „Im Osten grenzt Deutschland an ..."
- Deutschland hat neun Nachbarländer und ist somit das Land mit den meisten Nachbarländern in Europa. Früher gab es Grenzkontrollen, heute können wir in der Regel ganz unkompliziert in ein Nachbarland reisen.

Gesprächsimpulse: Welche Länder haben eine Küste? Welches Nachbarland ist deinem Wohnort am nächsten?

Nationalflaggen

1 Welche Flaggen unserer Nachbarländer kennst du schon?
Schreibe die Ländernamen auf. Ein Spiegel hilft bei der Auflösung.

Polen

Tschechien

Österreich

Schweiz

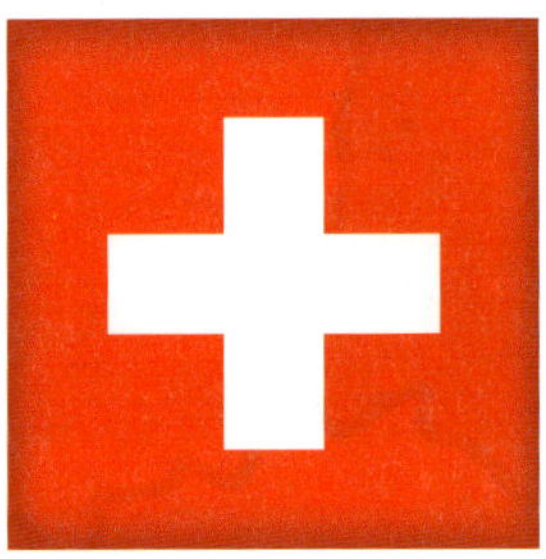

Frankreich

Luxemburg

Belgien

Niederlande

Dänemark

- Die Gestaltung der Flaggen besprechen (Streifen, Trikolore oder Zweifarbigkeit sowie das im Mittelalter oft verwendete Motiv des Kreuzes).
- Flaggen und Fahnen sind ein Zeichen der Zugehörigkeit: Sie zeigen z. B., dass man einem bestimmten Land angehört.
- Es gibt auch Flaggen mit Symbolen (Friedenstaube etc.), mit denen man seine Gesinnung zum Ausdruck bringen möchte.

Gesprächsimpulse: Wann werden Nationalflaggen gezeigt oder gehisst? Was bedeutet die Redewendung „Flagge zeigen"?

Willkommen in …

1 Informiere dich über ein Nachbarland von Deutschland. Denk dir ein Kind aus, das dort lebt. Zeichne es in den Bilderrahmen und fülle den Steckbrief aus.

Flagge

Land ______________________

Sprache(n)

______________________ Name

____

____

____

Hauptstadt 

____

Währung 

____

Spezialität

____

Sehenswürdigkeit

- Sich mit einem Nachbarland von Deutschland näher befassen, ggf. in Partner- oder Gruppenarbeit.
- Es ist spannend, ein anderes Land zu erkunden. Wir können in Gedanken reisen und vielleicht eines Tages alles vor Ort anschauen.

Gesprächsimpulse: Wer kennt Geschichten oder bekannte Persönlichkeiten aus dem Land, das hier vorgestellt wird? Welche Währungen hatten die europäischen Länder vor der Einführung des Euros?

Kinderrechte

1 Am Weltkindertag machen die Kinder auf ihre Rechte aufmerksam.
Überlege, was die einzelnen Rechte bedeuten könnten.

2 Wählt in Partner- oder Gruppenarbeit ein Kinderrecht aus.
Findet heraus, was es genau bedeutet. Stellt das Recht in der Klasse vor.

- Die Kinderrechte lesen und gemeinsam schwierige Begriffe klären (Bildung, Ausbeutung, Fürsorge ...). Ein Kinderrecht recherchieren.
- Die weltweit geltenden Kinderrechte wurden 1989 in der UN-Kinderrechtskonvention in 54 Artikeln festgehalten. Sie werden hier verkürzt und in einer Auswahl wiedergegeben.

Gesprächsimpulse: In welchen Rechten geht es um Schutz vor etwas? In welchen sollen Kinder gefördert oder an etwas beteiligt werden?

Missachtung von Kinderrechten

1 Drei Kinder erzählen von sich. Verbinde jedes Bild mit dem passenden Text.

„Treppen kann ich nicht fahren, und es gibt nicht immer einen Fahrstuhl oder eine Rampe. Auch Bordsteine kann ich nicht problemlos überwinden."

„Wegen des Krieges ist es schwierig, an Lebensmittel zu gelangen. Ich habe oft Hunger. Meine Freundin wurde beim Spielen durch eine Gewehrkugel verletzt."

„Ich muss hart arbeiten, um meine Familie zu unterstützen. Ich bin zwölf Stunden in der Fabrik und kriege wenig Geld. Ich würde viel lieber in eine Schule gehen."

2 Welche Kinderrechte werden in den Beispielen oben verletzt? Es können mehrere Rechte pro Beispiel genannt werden.

Bild 1: ______________________________

____

Bild 2: ______________________________

____

Bild 3: ______________________________

____

- Die Situationen auf den Bildern erfassen, die Armut, Benachteiligung und fehlenden Schutz thematisieren. Die Bilder und Texte mit den thematisch passenden Kinderrechten in Verbindung setzen.
- Kinder wachsen unterschiedlich auf. Auch die wirtschaftliche oder politische Situation eines Landes kann Einfluss auf ihr Wohlergehen haben.

Gesprächsimpulse: Woran liegt es, wenn Kinderrechte nicht eingehalten werden? Gab es die Schulpflicht in Deutschland schon immer?

Im Internet

1 Welche Kinder berichten positiv über das Internet? Welche haben kein gutes Gefühl? Umrande die Sprechblasen entsprechend in zwei Farben.

2 Wofür möchtest du das Internet nutzen? Schreibe Stichworte.

____

____

____

____

____

- Die Beispiele besprechen. Das Internet dient vielen Zwecken, dementsprechend groß ist der sich daraus ergebende Erfahrungsspielraum.
- Im Internet finden wir interessante Informationen, wir können uns mit anderen austauschen und Beiträge mit anderen teilen. Es ist aber wichtig, sich über mögliche Gefahren zu informieren.
- **Gesprächsimpulse:** Welche Erfahrungen hast du online gemacht? Im Internet werden Daten gesammelt – was bedeutet das?

Im Internet

1 Welche Aussagen über das Internet sind deiner Ansicht nach richtig? Welche falsch? Kreuze an.

Aussage	stimmt	stimmt nicht
Ich kann mich über viele Themen informieren.		
Was im Internet steht, stimmt immer.		
Manche benutzen das Internet, um gemeine Dinge über andere zu schreiben.		
Ich kann Ideen und Erfahrungen austauschen.		
Im Internet ist alles kostenlos.		
Es könnten Leute auf mich aufmerksam werden, die nicht gut für mich sind.		
Wenn ich Fotos von anderen im Internet zeigen will, brauche ich ihre Erlaubnis.		
Man kann zu viel Zeit im Internet verbringen.		
Im Internet können Leute tolle Videos zeigen, die sonst kaum jemand zu sehen bekäme.		

2 Formuliere drei Regeln zum Thema „Darauf achte ich im Internet“. Tauscht euch aus und fasst die wichtigsten Regeln an der Tafel zusammen.

★ ______________________________

____

★ ______________________________

____

★ ______________________________

____

- Aufgabe 1: Nach dem Ankreuzen gemeinsam Beispiele für die einzelnen Aussagen finden. So könnte bei „Im Internet ist alles kostenlos“ auf das Sammeln von Daten aufmerksam gemacht werden, die der Werbung von Produkten dienen.
- Wie im Straßenverkehr oder überhaupt in der „analogen Welt“ sollten wir auch Regeln beachten, wenn wir im Internet unterwegs sind.

Gesprächsimpulse: Welche Abmachungen habt ihr mit euren Eltern getroffen (Bildschirmzeit, Kinderschutzprogramm ...)?

Gehör finden

1 Es gibt ein Kinder- und Jugendtelefon in Deutschland.
Überlege: Wozu ist das gut?

Internetangebote

Ordne jeder Beschreibung das richtige Bild zu.

(1) chatten

(2) etwas posten

(3) streamen

(4) bloggen

- ◯ einen Kommentar im Internet schreiben
- ◯ tagebuchartige Beiträge in das Internet stellen
- ◯ in Echtzeit mit anderen eine „schriftliche Unterhaltung“ führen
- ◯ online Filme ansehen und Musik anhören

- Auf die Möglichkeit des Kinder- und Jugendtelefons hinweisen. Wörterkasten: Virtuelle und analoge Welt vergleichen, z. B.: Was steht in einem Tagebuch, was in einem Blog? Über Vor- und Nachteile der Internetangebote sprechen.
- Ob bei Problemen in der digitalen oder analogen Welt: Das Kinder- und Jungendtelefon bietet kostenlos und anonym Hilfe.

Gesprächsimpulse: Wo findest du Hilfe, wenn es dir nicht gut geht? Was sagt dir mehr zu: sich schreiben oder miteinander sprechen?

Städtepartnerschaften

Viele Städte haben Partnerstädte – innerhalb eines Landes, innerhalb Europas oder sogar weltweit.
Erkundigt euch, ob euer Wohnort Partnerstädte hat und wo sie sich befinden. Findet heraus (zum Beispiel über einen Partnerstadtverein), wie es zu der Partnerschaft kam.
Diskutiert, wie ihr eine Städtepartnerschaft gestalten würdet.

Weltkindertag

1954 wurde der Weltkindertag ins Leben gerufen, um auf die Kinderrechte aufmerksam zu machen. In Deutschland wird der Weltkindertag am 20. September gefeiert. Wie wäre es zu diesem Anlass mit einer Aktion, die Kindern zugutekommt (Kuchenbasar, Flohmarkt ...)? Dabei können Spenden für ein bestimmtes Projekt gesammelt werden. Beratet euch mit eurer Lehrkraft und mit euren Eltern.

Wunschbaum

Malt einen großen Baum auf. Fertigt Laubblätter aus Papier an, auf die ihr eure Wünsche schreibt. Einigt euch zunächst darauf, an wen sich diese richten sollen: Geht es um euch selbst, also zum Beispiel um eure Zukunft? Allgemein um die Kinder auf der Welt? Oder aber um Kinder in einem bestimmten Land, das von einer Naturkatastrophe oder einem Krieg betroffen ist? Wenn ihr die Blätter auf den Baum geklebt habt, könnt ihr die Wünsche vergleichen und besprechen.

Unser Körper

- Was für einen Film sehen Mila, Milo und Ela?
- Wie reagieren die Kinder auf die Filmszene?

Kennst du Bücher oder Filme, in denen sich zwei ineinander verlieben?

Liebe ist, wenn ...

1 Überlege: Haben alle Bilder etwas mit Liebe zu tun? Und wenn ja: warum?

- In der Klasse diskutieren, was Liebe ist oder wie sie unserer Vorstellung nach sein sollte. Erzählen: Wie wird Liebe in Filmen, Geschichten und Gedichten thematisiert? Entdecken, dass es vielfältige Formen von Zuneigung gibt.
- Es gibt viele Wörter, um Zuneigung auszudrücken: „für jemanden schwärmen“, „verknallt sein“, „jemanden mögen“ ... Welche noch?

Gesprächsimpulse: Woran merkst du, dass du jemanden lieb hast? Wann ist es Freundschaft, wann Liebe?

Vom Kind zum Erwachsenen

1 So verändert sich der Körper auf dem Weg zum Erwachsensein.
Ergänze die Sätze in der Tabelle unten.

Kind

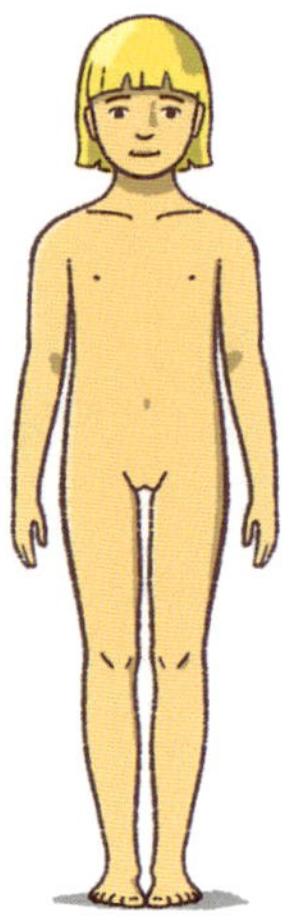

Den Mädchen wachsen Brüste.

Unter den Achseln und an der Scheide wachsen Haare.

Die Monatsblutung setzt ein.

Jugendliche *Erwachsene*

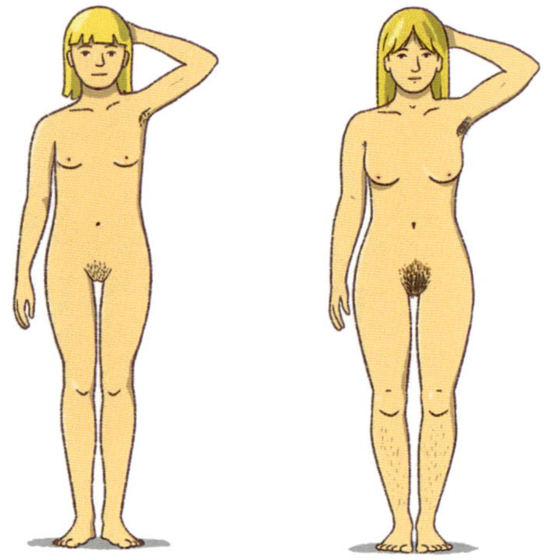

Kind

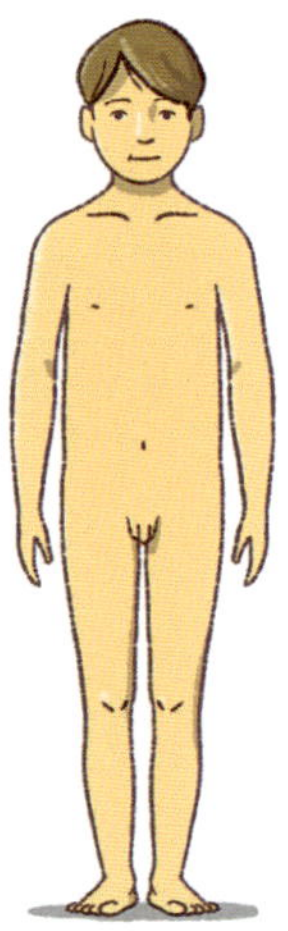

Der Bartwuchs setzt ein.

Unter den Achseln und über dem Penis wachsen Haare.

Die Stimme wird auffällig tiefer.

Jugendlicher *Erwachsener*

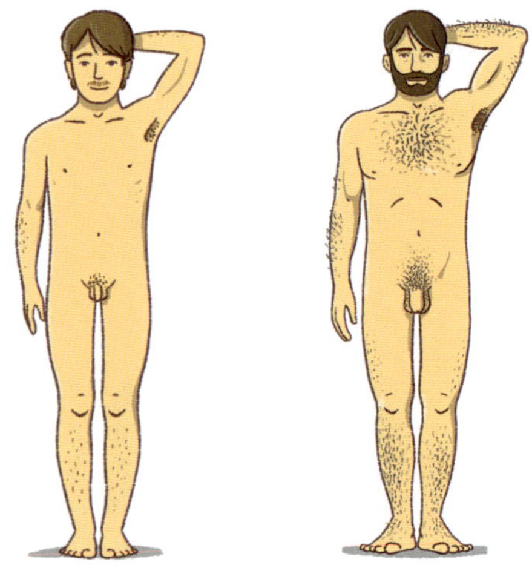

Mädchen

Den Mädchen wachsen

______________________.

Unter den ____________ und an

der ___________ wachsen Haare.

Die ________________ setzt ein.

Jungen

Im Gesicht sprießen die ersten

______________________.

Unter den ____________ und über dem

___________ wachsen Haare.

Die ______________ wird merkbar tiefer.

- Wahrnehmen, wie sich der Körper in der Pubertät verändert: Die Geschlechtsmerkmale entwickeln sich.
- Die Zeit, in denen sich Kinder zu Erwachsenen entwickeln, nennen wir Pubertät. Mädchen kommen mit etwa zehn Jahren in die Pubertät, Jungen mit etwa zwölf. Die Veränderung der Stimme wird als Stimmbruch oder -wechsel bezeichnet. Auch Mädchen haben einen Stimmwechsel.

Gesprächsimpulse: Wie verändert sich der Mensch im Laufe des Lebens? Verändert sich nur der Körper oder auch der Geist?

Stopp! So nicht!

1 Die Bilder zeigen Kinder in Situationen, die ihnen nicht angenehm sind. Was passiert genau? Beantworte die Fragen zu den Bildern.

Was könnte der Junge seinem Vater antworten?

Was könnte das Mädchen im lila T-Shirt zum Mädchen im Badeanzug sagen?

2 In welchen Situationen würdest du anderen Grenzen setzen? Erzähle.

- Über das Körpergefühl beim Einsetzen der Pubertät und die Respektierung des Schamgefühls sprechen.
- Wenn uns jemand zu nah kommt, sagen wir das. Wir zeigen Grenzen auf und respektieren die Grenzen anderer. Wir können „Nein!" oder „Stopp!" sagen, wenn wir ein ungutes Gefühl haben. Wir können anderen Kindern beistehen.

Gesprächsimpulse: Was bedeutet das Wort „Körpergefühl"? Kann man sich in einer Gruppe alleingelassen fühlen?

Die Geschlechtsorgane

1 Male den Unterleib von Frau und Mann aus wie auf der linken Seite gezeigt.

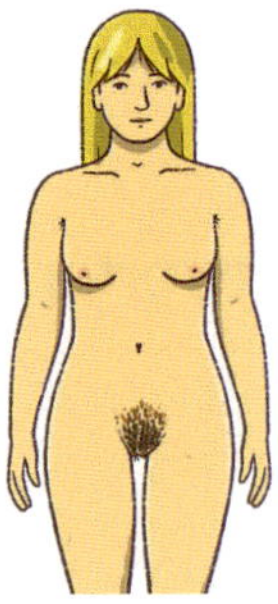

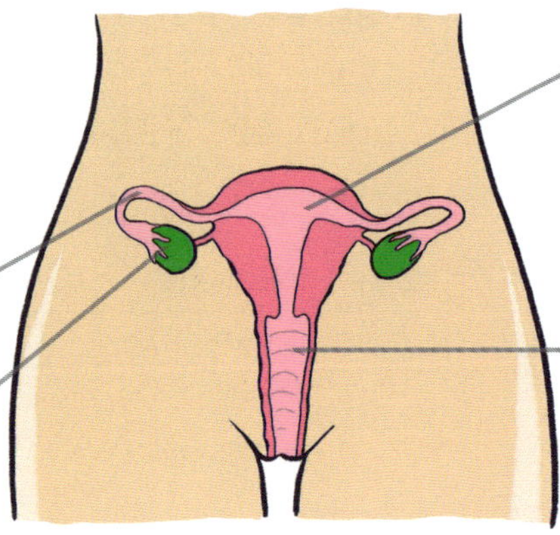

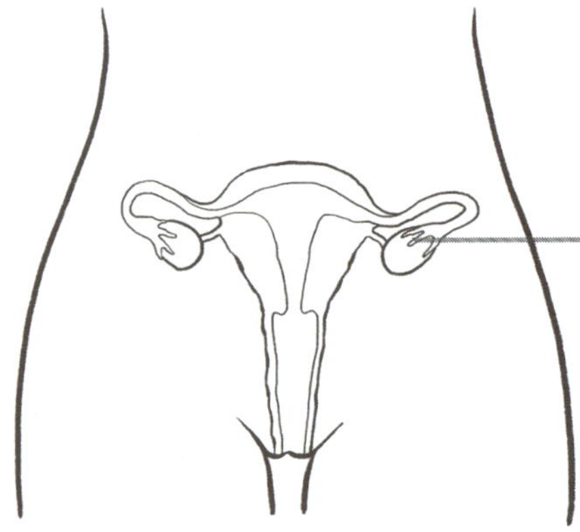

Eizellen: 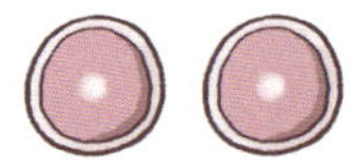

In den Eierstöcken befinden sich Eizellen.

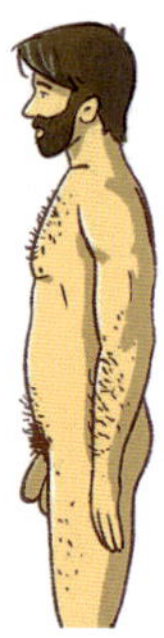

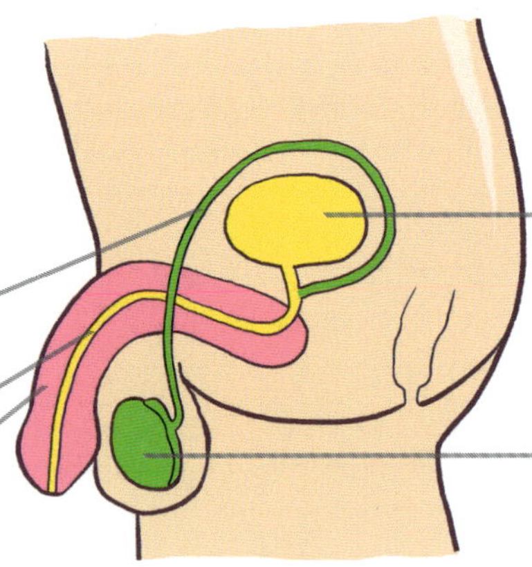

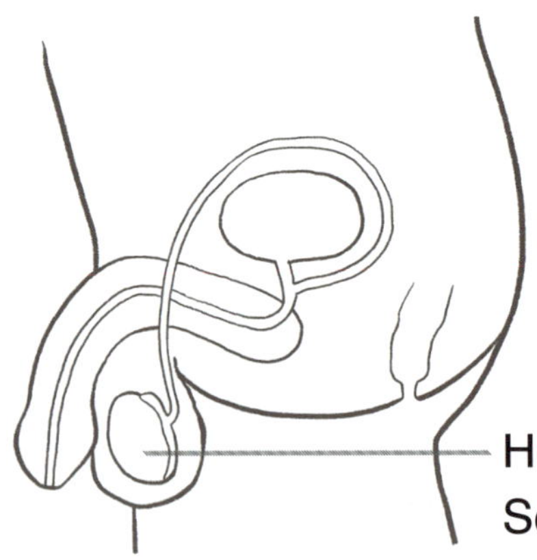

Samenzellen: 

In den Hoden bilden sich Samenzellen.

- Die bunte Einfärbung der Organe dient der Unterscheidung. Darauf hinweisen, dass Samenzellen und Eizellen hier vergrößert abgebildet und in Wirklichkeit winzig sind.
- Die Geschlechtsorgane nennt man auch Fortpflanzungsorgane, weil sie zur Zeugung eines Kindes nötig sind.

Gesprächsimpulse: Haben nur Menschen Geschlechts- bzw. Fortpflanzungsorgane?

Ein Kind entsteht

1 Wenn eine Eizelle und eine Samenzelle zusammentreffen, kann ein Kind entstehen. Wie funktioniert das? Lies den Text und ordne die Bilder zu.

Eine Samenzelle trifft auf eine Eizelle

Einmal im Monat löst sich eine Eizelle aus einem der beiden Eierstöcke. Sie wandert durch den Eileiter in Richtung Gebärmutter. Wenn ein Mann und eine Frau in diesem Zeitraum miteinander schlafen, kann ein Baby entstehen. Ein Mann und eine Frau schlafen miteinander, indem sie sich eng aneinanderkuscheln und der Mann den Penis in die Scheide der Frau steckt. ◯

In einer Flüssigkeit schwimmend, gelangen die Samenzellen des Mannes über den Penis in den Körper der Frau. Im Eileiter finden sie die Eizelle vor und versuchen, in sie einzudringen. ◯ Gelingt dies einer Samenzelle, vereinigt sie sich mit der Eizelle. ◯ Man spricht nun von einer befruchteten Eizelle.

Zellteilung

Die befruchtete Eizelle teilt sich mehrmals, bis sie aussieht wie eine Brombeere. ◯ Während der Zellteilung wandert die Eizelle über den Eileiter in die Gebärmutter und nistet sich dort ein. Die Eizelle wird nun Embryo genannt. Der Embryo wächst und entwickelt sich weiter ◯. Rund neun Monate nach der Befruchtung kommt das Baby auf die Welt.

1

2
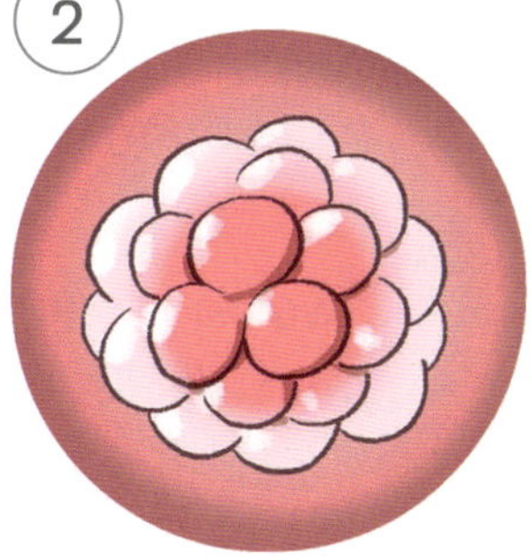

3
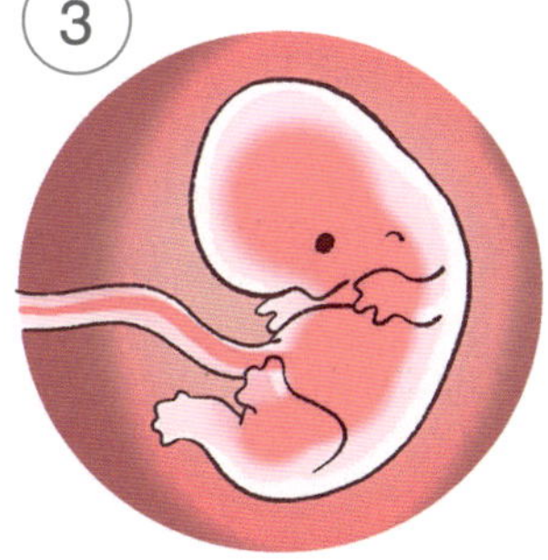

4
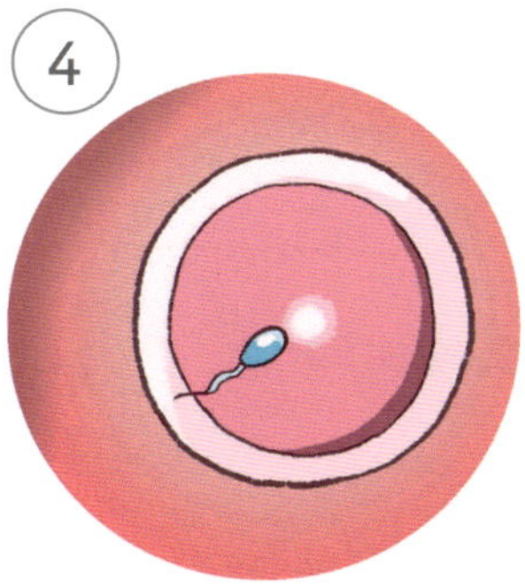

5
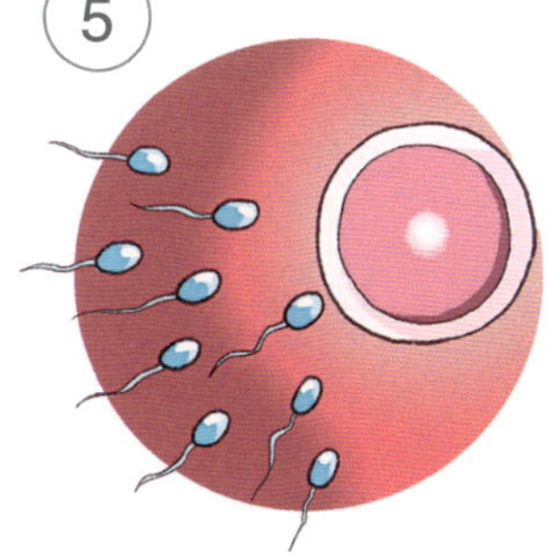

- Die Bilder von Seite 42 zur Veranschaulichung heranziehen. Ggf. auch die Entstehung von Zwillingen thematisieren.
- Aus einer winzigen Eizelle entsteht ein Lebewesen. Ein Embryo sieht ziemlich anders aus als das künftige Baby. Doch schon nach fünf Wochen schlägt sein Herz.

Gesprächsimpulse: Schlafen Menschen nur miteinander, wenn sie ein Kind haben wollen? Können nur Mann und Frau miteinander schlafen?

Ich als Baby

1 Frage deine Eltern nach einem Babyfoto von dir. Klebe es hier ein.

Nachwuchs

Wörterkasten

Ordne jeder Beschreibung das richtige Bild zu.

(1) Embryo

(2) Neugeborenes

(3) Fötus

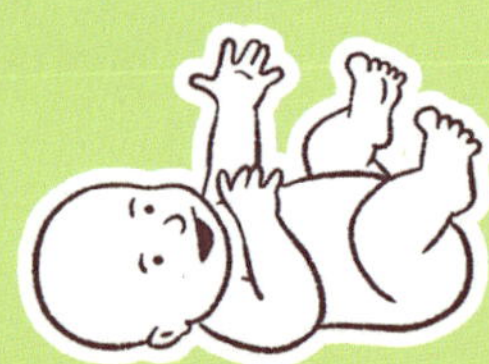

(4) Baby

- ◯ ein Kind, das gerade auf die Welt gekommen ist
- ◯ Lebewesen unter neun Wochen im Mutterleib
- ◯ Lebewesen ab der neunten Schwangerschaftswoche
- ◯ Kind im ersten Lebensjahr

- Anhand des Babyfotos die eigene Entwicklung konstatieren. Wörterkasten: Verschiedene Bezeichnungen für das Kind im Mutterleib und außerhalb des Mutterleibes anwenden.
- Babys, die vor dem neunten Monat zur Welt kommen, werden „Frühgeborenes" genannt. Manche sagen auch „Frühchen".

Gesprächsimpulse: Was ist schön im Umgang mit einem Baby oder Kleinkind? Was kann schon mal nerven oder anstrengen?

Ein Liebeslied

Es gibt so viele Lieder, in denen es um Liebe geht. Sucht euch ein Lied aus und untersucht es. Worüber genau wird gesungen? Sind es gute Gefühle? Oder traurige? Wird die Liebe mit etwas verglichen? Vielleicht schreibt ihr ja selbst ein Gedicht oder einen Spruch mit euren eigenen Vorstellungen von Liebe. Jeder entscheidet selbst, ob er das Ergebnis jemandem zeigen möchte oder nicht.

Wenn ich erwachsen bin

Wie stellt ihr euch euer Leben als Erwachsener vor? Was habt ihr für einen Beruf? Wohnt ihr allein oder mit jemandem zusammen? Welche verrückten Sachen würdet ihr unternehmen? Beschreibt eure Zukunft oder malt ein Bild.

Verliebt

Wie war das, als eure Eltern oder Großeltern zum ersten Mal verliebt waren? Ihr könntet zum Beispiel fragen:

- In wen warst du verliebt?
- Was mochtest du an dieser Person besonders?
- Wie hat sich das Verliebtsein angefühlt?

Denkt aber daran: Vielleicht kann sich jemand nicht gut erinnern oder möchte gar nicht davon erzählen. Ihr solltet euer „Interview“ also nicht erzwingen.

Landschaften

- In was für einer Landschaft sind Mila und Milo unterwegs?
- Wer könnte der Mann sein, der sie begleitet?

Wodurch kann sich eine Landschaft verändern?

Landschaften

Eine Landschaft ist ein Gebiet, das sich durch bestimmte Merkmale von angrenzenden Gebieten unterscheidet. So ist eine Waldlandschaft mit Bäumen und Humusboden anders als eine Küstenlandschaft mit Sandstrand oder Felsen. Landschaften, die vom Menschen genutzt und geprägt sind, nennt man Kulturlandschaften. Vom Menschen weitgehend unberührte Landschaften werden Naturlandschaften genannt.

1 Ordne die Begriffe im Wortspeicher den Fotos zu.
Überlege: Kultur- oder Naturlandschaft? Schreibe unter die Bilder.

Ⓐ Weinberge am Rhein Ⓑ Wattenmeer Ⓒ Ackerland Ⓓ Lüneburger Heide

- Beachten, dass die Definition von „Landschaft" nicht einheitlich ist. Die obige Erklärung folgt dem geographischen Landschaftsbegriff, der Landschaft als ein Gebiet bezeichnet, das sich durch naturwissenschaftliche Merkmale von anderen abgrenzt.
- In Deutschland gibt es nur noch wenige naturbelassene Landschaften. Auch idyllische Natur kann vom Menschen geformt sein.

Gesprächsimpulse: Ist „Landschaft" dasselbe wie „Natur"? Warum gibt es Naturschutzgebiete? Was ist ein Urwald?

Am Meer

1 Welche Nahrung finden die Tiere im Wattenmeer der Nordsee? Überlege.

- Das Wattenmeer als Lebensraum für zahlreiche Tierarten kennenlernen und als Ökosystem begreifen – auch wenn es auf dem ersten Blick karg erscheint. Das Wattenmeer ist auch ein Rastplatz für Zugvögel.
- Wenn sich das Wasser der Nordsee bei Ebbe zurückzieht, wird der Meeresgrund mit sandigem Schlick sichtbar: das Watt.

Gesprächsimpulse: Warum sollte bei einer Wattwanderung ein Wattführer dabei sein? Gedeihen Pflanzen im Watt?

Am Meer

1 Betrachte die Tiere auf Seite 48 und trage die Zahlen in die Tabelle ein.

Vogel	Weichtier	Wurm	Krebstier
☐ Löffler	☐ Herzmuschel	☐ Wattwurm	☐ Taschenkrebs
☐ Austernfischer	☐ Sandklaffmuschel	☐ Ringelwurm	☐ Nordseekrabbe
☐ Säbelschnäbler	☐ Wattschnecke	☐ Seemaus	☐ Schlickkrebs

Schreibe die Tierklasse und den Namen dieses Tieres auf:

1

2 Das Wattenmeer wurde weitgehend zum Naturschutzgebiet erklärt. Erkundige dich:

Welche Gefahren könnte es für das Gebiet geben? (Stichworte)

Warum sollte das Wattenmeer geschützt werden?

- Die Tiere auf S. 48 in Tierklassen zusammenfassen. Eine Tierklasse umfasst eine Gruppe von Tieren mit gemeinsamen Eigenschaften.
- Weichtiere, Würmer und Krebstiere sind wirbellose Tiere. Das bedeutet, dass sie kein inneres Skelett haben. Krebstiere haben eine harte Schale. Auch manche Weichtiere haben eine harte äußere Schale. Wir nennen sie Schneckenhaus oder Muschelschale.

Gesprächsimpulse: Kennst du weitere Seevögel (Krebstiere, ...)? Welche Nordseeinseln gibt es in Deutschland?

In den Bergen

1 Die Alpen sind ein Hochgebirge in Europa. Ein Teil der Alpen befindet sich in Bayern. Auf den Bergwiesen blühen bunte Blumen. Ordne zu.

◯ Feuer-Lilie ◯ Alpenrose ◯ Edelweiß ◯ Alpenglöckchen

2 Der Enzian ist eine bekannte Alpenblume. Male aus und beschrifte.

Blütenblatt	Stängel	Kelchblatt	Laubblatt	Blütenorgane	Blütenkelch

- Die üppige Vegetation der Alpen bildet einen Kontrast zu der Landschaft des Wattenmeers (S. 48–49). Die Namen der Alpenblumen geben teilweise Hinweise auf die Farben und Blütenformen.
- Neben dem Edelweiß ist der Enzian die bekannteste Alpenblume. Die Blütenfarbe des Blauen Enzians zieht Hummeln an.

Gesprächsimpulse: Welche Tiere sind in den Alpen zu Hause? Wo würdest du lieber sein – am Meer oder in den Bergen?

Höhenunterschiede

1 Höhenunterschiede werden auf Landkarten farblich kenntlich gemacht. Schau dir die Landhöhen an und beantworte die Fragen zum Kartenausschnitt.

Eine Schulklasse aus Köln möchte eine Klassenfahrt in eine nahe gelegene gebirgige Region machen. Welche bietet sich an? ______________________

Der Kahle Asten ist ein Berg im Rothaargebirge. So hoch ist er: ☐ m.

Welche Stadt liegt höher: Arnsberg oder Dortmund? ____________________

Welche Städte liegen unter 200 m Höhe? Kreuze an.

☐ Siegen ☐ Leverkusen ☐ Solingen ☐ Bochum ☐ Marburg

Sortiere die Städte von tief- nach hochgelegen. Nummeriere von 1 bis 4.

☐ Paderborn ☐ Arnsberg ☐ Hamm ☐ Düsseldorf

- Die Farbgebungen der Karte mit den angegebenen Höhenschichten in Verbindung setzen.
- Die höchsten Berge Deutschlands befinden sich in den Alpen, einem Hochgebirge mit steilen Hängen und spitzen Gipfeln. Bei den Gebirgen auf dem Kartenausschnitt (z. B. Rothaargebirge) handelt es sich dagegen um Mittelgebirge.

Gesprächsimpulse: Welche Gegenden in Deutschland sind sehr bergig, welche flach? Kennst du Namen von Gebirgen?

Deutschland

1 Male dein Bundesland in deiner Lieblingsfarbe an. Wer mag, kann alle 16 Bundesländer in unterschiedlichen Farben ausmalen.

- Idee: Ein Quiz daraus machen und Vorgaben geben wie z. B.: „Das Bundesland, das im Norden an Thüringen grenzt, malt ihr in Blau aus" oder „Das Bundesland mit der Hauptstadt Mainz malt ihr in Grün aus" etc. Ggf. die Karte vergrößert kopieren.
- Deutschland hat 16 Bundesländer. Drei davon sind Stadtstaaten. In ihnen umfasst das Bundesland nur das Gebiet einer Stadt.

Gesprächsanreize: In welchen Bundesländern bist du schon gewesen? Welche Dialekte werden in Deutschland gesprochen?

Landeshauptstädte

1 Trage die Hauptstädte der Bundesländer in die Tabelle ein.

Baden-Württemberg		Nordrhein-Westfalen	
Bayern		Niedersachsen	
Saarland		Sachsen-Anhalt	
Rheinland-Pfalz		Brandenburg	
Hessen		Mecklenburg-Vorpommern	
Thüringen		Schleswig-Holstein	
Sachsen			

2 Lies die Texte zu den Städten, die zugleich ein Bundesland sind. Ordne sie den Bildern zu. Schreibe die Namen der Stadtstaaten unter die Bilder.

A

B

C

◯ Im Mittelalter wurde auf dem Marktplatz der Stadt die Roland-Statue errichtet. Der Sage nach diente Roland dem Kaiser Karl dem Großen als Ritter. Die Stadt ist auch durch ein Märchen der Brüder Grimm bekannt.

◯ An den St. Pauli-Landungsbrücken haben früher Dampfschiffe angelegt. Heute hat die Stadt einen großen Containerhafen. Dort kommen Waren aus aller Welt an.

◯ Die Stadt ist die Hauptstadt von Deutschland. Das Brandenburger Tor ist ihr einziges erhaltende Stadttor. Von 1961 bis 1989 war die Stadt durch eine Mauer in einen Ost- und einen Westteil geteilt.

- Die Landeshauptstädte mithilfe der Deutschlandkarte von Seite 52 eintragen. Die Stadtstaaten werden gesondert in Aufgabe 2 behandelt.
- In einer Hauptstadt befindet sich meist der Regierungssitz eines Landes. In den Hauptstädten der deutschen Bundesländer ist das der Fall. Wir sprechen von Landesregierung oder Staatsregierung. Die Regierung in den deutschen Stadtstaaten wird Senat genannt.

Gesprächsanreize: Wie wird eine Stadt zur Hauptstadt? Ist sie immer die größte Stadt eines Landes?

Mein Bundesland

1 Trage ein. Klebe oder male zwei Sehenswürdigkeiten in die Bilderrahmen.

Mein Bundesland heißt: ______________________________

Einwohnerzahl: ____________________ Hauptstadt: ____________________

______________________ ______________________

Naturwunder

Wörterkasten

Ordne jeder Beschreibung das richtige Bild zu.

1 Kreidefelsen, Mecklenburg-Vorpommern

3 Elbsandsteingebirge, Sachsen

2 Maare, Rheinland-Pfalz

4 Atta-Höhle, Nordrhein-Westfalen

◯ Felsen aus Kalkstein, die die Steilküste der Insel Rügen bilden

◯ Tropfsteinhöhle im Sauerland

◯ nach Vulkanausbrüchen gebildete Trichter, die sich mit Wasser gefüllt haben

◯ zerklüftete und formenreiche Felsenlandschaft aus Sandstein

- Sich mit dem eigenen Bundesland befassen und seine Besonderheiten schätzen lernen. Wörterkasten: Zusätzliche Beispiele für Naturwunder in Deutschland oder über Deutschland hinaus sammeln.
- Naturwunder sind oft spektakulär. Doch es gibt auch kleine Naturwunder wie ein Spinnennetz oder das Nest eines Webervogels oder …

Gesprächsimpulse: Welches Naturwunder würdest du dir gern ansehen? Was ist eigentlich ein Wunder?

Erosion

Natur verändert sich durch den Eingriff des Menschen, aber auch auf natürliche Weise. So wird im Laufe der Zeit durch Wind, Wasser oder Eis Gestein und Boden abgetragen. Das nennt man Erosion. Durch Wassereinwirkung können romantische und abenteuerliche Schluchten entstehen. Gebt im Internet den Suchbegriff „Schluchten in Deutschland“ ein und lasst euch zu einer Geschichte inspirieren.

Expertenwissen

Prägt euch die Größen, Umrisse und Lagen der 16 Bundesländer ein, indem ihr mit der Deutschlandkarte auf Seite 52 übt. Vielleicht steht euch auch eine große Wandkarte zur Verfügung, das wäre zum gemeinsamen Lernen noch besser. Fragt euch gegenseitig ab und gebt Hinweise wie zum Beispiel: „Mein Bundesland ist das nördlichste“ oder: „Mein Bundesland grenzt an …“.

Sehenswürdigkeiten

Sehenswürdigkeiten – das kann ein Bauwerk sein oder ein Naturwunder. Manche Sehenswürdigkeiten sind zu einem Wahrzeichen geworden, also zu einem Erkennungszeichen für einen bestimmten Ort. Sucht ein bis zwei Sehenswürdigkeiten pro Bundesland heraus und erkundet die Geschichte dahinter. Was stellt die Sehenswürdigkeit dar? Was macht sie zur Touristenattraktion? Zeigt Bilder und erzählt dazu.

Inhaltsverzeichnis